U0629037
中国文学名家精品
Liubannong Shige Jingpin
刘半农诗歌精品
刘半农 著 李丹丹 主编

北方妇女儿童出版社

图书在版编目(CIP)数据

刘半农诗歌精品/刘半农著；李丹丹主编. —长春：北方妇女儿童出版社，2015.1（2021.3 重印）
（中国文学名家精品）
ISBN 978-7-5385-8152-2

Ⅰ. ①刘… Ⅱ. ①刘… ②李… Ⅲ. ①诗集－中国－现代 Ⅳ. ①I226

中国版本图书馆CIP数据核字（2015）第007518号

刘半农诗歌精品

LIU BAN NONG SHI GE JING PIN

出 版 人	刘　刚
责任编辑	王天明
开　　本	700mm×980mm　1/16
印　　张	9
字　　数	148 千字
版　　次	2015 年 5 月第 1 版
印　　次	2021 年 3 月第 3 次印刷
印　　刷	固安县云鼎印刷有限公司
出　　版	北方妇女儿童出版社
发　　行	北方妇女儿童出版社
地　　址	长春市福祉大路 5788 号
电　　话	总编办：0431-81629600
定　　价	26.80 元

前言

习近平总书记在文艺座谈会上指出，繁荣文艺创作、推动文艺创新，必须要有大批德艺双馨的文艺名家。我国作家艺术家应该成为时代风气的先觉者、先行者、先倡者，要通过更多有筋骨、有道德、有温度的文艺作品，书写和记录人民的伟大实践、时代的进步要求，彰显信仰之美、崇高之美。

是的，当历史跨入21世纪的新时代，我们党发出了实现中国梦的伟大号召，掀起了轰轰烈烈的复兴中国文化的运动。这就要求我们站在时代的前沿，薪火相传，一脉相承，弘扬中国有史以来优秀的、光明的、先进的、科学的、文明的文化，融合古今中外一切文化精华，构建具有中国特色的现代民族文化，向世界和未来展示中华民族的文化力量、文化价值与文化风采。

就文学创作而言，就是广大作家要接过近现代中国文学名家传递的笔墨圣火，照亮时代的道路，创造文学的繁荣；广大读者则应吸收近现代中国文学的精神力量，认识过去的时代，投身当代的建设。总之，中国的复兴需要大家添光加彩！

回首上世纪初，中国掀起了伟大的反帝反封建的民族解放运动，广大作家以此为崇高历史使命，把文字作为投枪匕首，走在时代最前列，创作了大量优秀的文学作品，发出了代表时代最强音的呐喊，振聋发聩，唤醒广大人民群众，开创了新文化运动，创造了现代文学。

中国现代文学是指用现代文学语言与文学形式，表达中国现代思想、感情、心理的文学，是在“五四”新文化运动影响下，广泛接受外国文学影响而形成的新兴文学，产生了极大的历史推动作用。

在新文化运动推动下，广大作家汲取中外文学营养，形成了新的文学形态。他们不仅用白话语言表现现代科学民主思想，而且在艺术形式与表现手法上对传统文学进行深入革新，创建了新的文学体裁。在叙述角度、抒情方式、描写手段以及结构组成等方面，都有全新创造，极具现代特色，成为真正现代意义上的文学。

中国现代文学的主流是人民的文学，广大作家深入火热的战斗生活中，极大加强了文学与民众的结合，文学与进步的社会思潮及民族解放、革命运动的自觉联系，这构成了中国现代文学的基本历史特征与传统。此时的文学，以表现普通民众生活、改造国民性格和社会人生为根本任务。

中国现代文学早期的发展，是在广大作家吸取外来文学营养使之民族化并继承民族传统使之现代化的过程中奠定基础的。对于如何正确对待传统文化与西方外来文化的问题，他们打破了抱残守缺的国粹主义思想，进行了彻底革新，曾对西方各个历史时期的文艺思潮、文学流派，包括各种文学形式、表现手法等，进行了全面介绍与广泛吸收，同时对我国传统文学遗产也进行了重新评价。这对促进思想与艺术的解放，促进文学的现代化，起到了重要作用，从而形成了现代文学的繁荣局面，促进了广大民众的觉醒。

接过20世纪中国文学作家的思想圣火，实现新时代民族文化复兴的中国梦，这是广大作家和读者义不容辞的神圣职责。为此，我们从诗歌、散文、小说三大文学体裁着手，特别编辑了这套《中国文学名家精品》，精选了许多文学名家的精品力作，代表了中国20世纪文学的高度，具有极强的权威性、可读性和艺术性。

这些文学名家，都是中国20世纪现代文学的开拓者和各种文学形式的集大成者，他们的作品来源于他们生活的时代，是那个时代社会生活的缩影，包含了作家本人对社会、生活的体验与思考，影响着社会的发展进程，具有永恒的魅力。他们是我们心灵的工程师，能够指导我们的人生发展，对于复兴中国文化具有深远的启迪作用。

作者简介

刘半农（1891—1934）近现代我国著名文学家、语言学家和教育家。名复，字半农，江苏江阴人。他出生于知识分子家庭，从小天资聪颖，各科成绩优异，在地方小有名气。在常州府学堂读书时，出于对学校保守教育体制的不满和失望，放弃了到手的大好前程，毅然从学校退学。

1912年，刘半农前往上海，经朋友介绍，在《时事新报》和中华书局做编辑工作，并业余在《小说月报》《时事新报》《中华小说界》和《礼拜六》周刊上发表译作和小说。他很快成为上海文坛上一个十分活跃的小说新秀，拥有一大批读者。

刘半农五年时间发表了40多篇小说，内容包括言情、警世、侦探、滑稽、社会等消遣小说，如《失魂药》《最后之跳舞》等。他的名字经常出现在许多报纸杂志上，受到很多读者追捧。他在上海声名鹊起，被人称为“江阴才子”“文坛魁首”。

1917年，刘半农到北京大学任法科预科教授，并参与《新青年》杂志编辑工作，积极投身文学革命，反对文言文，提倡白话文。1918起，他开始向《新青年》杂志投稿，表达自己文学改革的愿望。

刘半农在北大讲课很受学生欢迎，创作也十分活跃。但是，当时北大有人对他这样一个连中学都没有毕业的大学教授持怀疑态度。于是，他在蔡元培支持下，考上了公费赴英留学的资格。

1920年2月，刘半农携家眷赴英留学。他在英国生活非常困难。1920年9月，他创作了一首题为《教我如何不想她》的小诗。这首诗很快便被同在伦敦留学的赵元任谱成歌曲，随后在国内传唱开来，十分流行。

由于生活所迫，1921年6月，刘半农带领全家迁居法国，转入巴黎大学学习。他在巴黎学的是“语音实验”，这是一门全新的学科，含有高科技成分。他的研究卓有成效，成为了巴黎语音学会会员，他的博士论文《汉语字声实验录》荣获“康士坦丁·伏尔内语言学专奖”，是我国第一个获此国际大奖的语言学家。

1921年夏，刘半农转学到法国巴黎大学和法兰西学院。1925年3月，他通过答辩后获得法国国家文学博士学位。在巴黎学习期间，还利用业余时间抄录了法国国家图书馆藏的敦煌文献104件，编辑成我国敦煌学发展史上一部具有划时代意义的著作《敦煌掇琐》。

刘半农从法国学成归国，受到北大热烈欢迎，任北京大学国文系教授，讲授语音学。他在蔡元培关心支持下，成立了我国第一个语音实验室。他制订了一个宏大计划，决定完成一部《四声新谱》、一部《中国大字典》和一部《中国方言地图》。

1926年，刘半农出版了诗集《扬鞭集》和《瓦釜集》。《扬鞭集》上卷大多反映旧中国的社会现实，揭露豪富对劳苦大众的压迫和剥削。中卷主要表现国外的社会生活，揭露西方世界的腐朽、黑暗和战后欧洲经济的凋敝。有名篇《相隔一层纸》《铁匠》等。

《瓦釜集》中的诗歌多用江阴方言与江阴民歌的声调，抒写劳动者的爱与恨。作为我国新诗史上第一部用方言写作的民歌体新诗集，在我国现代文学史上具有里程碑的意义。

第一辑

第二辑

第三辑

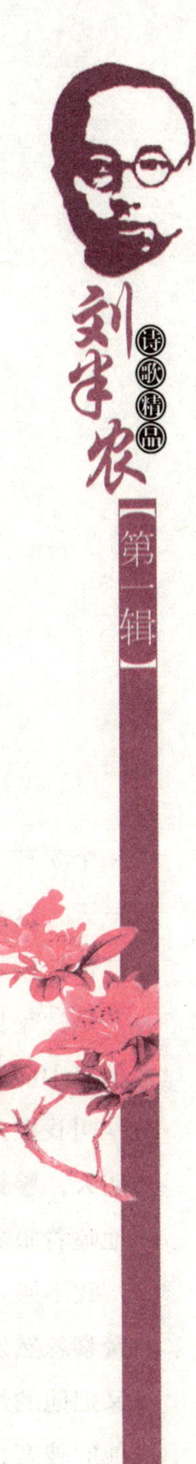
刘半农
诗歌精品
【第一辑】

卖萝卜人

一个卖萝卜人，——很穷苦的，住在一座破庙里。

一天，这破庙要标卖了，便来了个警察，说——

“你快搬走！这地方可不是你久住的。”

“是！是！”

他口中应着，心中却想——

“叫我搬到那里去！”

明天，警察又来，催他动身。

他瞠着眼看，低着头想，撒撒手，踏踏脚，却没说——

“我不搬。”

警察忽然发威，将他撵出门外。

又把他的灶也捣了，一只砂锅，碎作八九片！

他的破席，破被，和萝卜担，都撒在路上。

几个红萝卜，滚在沟里，变成了黑色！

路旁的孩子们，都停了游戏奔来。

他们也瞠着眼看，低着头想，撒撒手，踏踏脚，却不做声！

警察去了，一个七岁的孩子说，
“可怕……”
一个十岁的答道，
“我们要当心，别做卖萝卜的！”
七岁的孩子不懂：
他瞠着眼看，低着头想，却没撒手，没踏脚！

1918年

羊肉店（拟儿歌）

羊肉店！羊肉香！
羊肉店里结着一只大绵羊，
吗吗！吗吗！吗吗！吗！……
苦苦恼恼叫两声！
低下头去看看地浪格血，
抬起头来望望铁勾浪！
羊肉店，羊肉香，
阿大阿二来买羊肚肠，
三个铜钱买仔半斤零八两，
回家去，你也夺，我也抢——
气坏仔阿大娘，打断仔阿大老子鸦片枪！
隔壁大娘来劝劝，贴上一根拐老杖！

1919年

敲　冰

零下八度的天气，
结着七十里路的坚冰，
阻碍着我愉快的归路。
水路不得通，
旱路也难走。
冰！
我真是奈何你不得！
我真是无可奈何！

无可奈何，
便与撑船的商量，
预备着气力，
预备着木槌，
来把这坚冰打破！

冰！

难道我与你，

有什么解不了的冤仇？

只是我要赶我的路，

便不得不打破了你，

待我打破了你，

便有我一条愉快的归路。

撑船的说“可以”！

我们便提起精神，

合力去做——

是合着我们五 个人的力，

三人一班的轮流着，

对着那艰苦的，不易走的路上走！

有几处的冰，

多谢先走的人，

早已代替我们打破；

只剩着浮在水面上的冰块儿，

轧轧的在我们船底下剉过。

其余的大部分，

便须让我们做“先走的”：

我们打了十槌八槌，

只走上一尺八寸的路。

但是，

打了十槌八槌，

终走上了一尺八寸的路！

我们何妨把我们痛苦的喘息声，

欢欢喜喜的，
改唱我们的“敲冰胜利歌”，

敲冰！敲冰！
敲一尺，进一尺！
敲一程，进一程！
懒怠者说：
“朋友，歇歇罢！
何苦来？”
请了！
你歇你的，
我们走我们的路！
怯弱者说：
“朋友，歇歇罢！
不要敲病了人，
刮破了船。”
多谢！
这是我们想到，却不愿顾到的！
缓进者说：
“朋友，
一样地走，何不等一等？
明天就有太阳了。”
假使一世没有太阳呢？
“那么，傻孩子！
听你们去罢！”
这就很感谢你。
敲冰！敲冰！
敲一尺，进一尺！

敲一程，进一程！
这个兄弟倦了么？——
便有那个休息着的兄弟来换他。
肚子饿了么？——
有黄米饭，
有青菜汤。
口渴了么？——
冰底下有无量的清水；
便是冰块，
也可以烹作我们的好茶。
木槌的柄敲断了么？
那不打紧，
船中拿出斧头来，
岸上的树枝多着。
敲冰！敲冰
我们一切都完备，
一切不恐慌，
感谢我们的恩人自然界。

敲冰！敲冰！
敲一尺，进一尺！
敲一程，进一程！
从正午敲起，
直敲到漆黑的深夜。
漆黑的深夜，
还是点着灯笼敲冰。
刺刺的北风，
吹动两岸的大树，

化作一片怒涛似的声响。
那便是威权么?
手掌麻木了,
皮也剉破了;
臂中的筋肉,
伸缩渐渐不自由了;
脚也站得酸痛了;
头上的汗,
涔涔的向冰冷的冰上滴,
背上的汗,
被冷风从袖管中钻进去,
吹得快要结成冰冷的冰;
那便是痛苦么?
天上的黑云,
偶然有些破缝,
露出一颗两颗的星,
闪闪缩缩,
像对着我们霎眼,
那便是希望么?
冬冬不绝的木槌声,
便是精神进行的鼓号么?
豁刺豁刺的冰块剉船声,
便是反抗者的冲锋队么?
是失败者最后的奋斗么?
旷野中的回声,
便是响应么?
这都无须管得;
而且正便是我们,

不许我们管得。

敲冰！敲冰！
敲一尺，进一尺！
敲一程，进一程！
冬冬的木槌，
在黑夜中不绝的敲着，
直敲到野犬的呼声渐渐稀了；
直敲到深树中的猫头鹰，
不唱他的“死的圣曲”了；
直敲到雄鸡醒了；
百鸟鸣了；
直敲到草原中，
已有了牧羊儿歌声；
直敲到屡经霜雪的枯草，
已能在熹微的晨光中，
表暴他困苦的颜色！
好了！
黑暗已死，
光明复活了！
我们怎样？
歇手罢？
哦！
前面还有二十五里路！
光明啊！
自然的光明，
普遍的光明啊！
我们应当感谢你，

照着我们清清楚楚的做。
但是，
我们还有我们的目的；
我们不应当见了你便住手，
应当借着你的力，
分外奋勉，
清清楚楚地做。

敲冰！敲冰！
敲一尺，进一尺！
敲一程，进一程！
黑夜继续着白昼，
黎明又继续着黑夜，
又是白昼了，
正午了，
正午又过去了！
时间啊！
你是我们唯一的，真实的资产。
我们倚靠着你，
切切实实，
清清楚楚地做，
便不是你的戕贼者。
你把多少分量分给了我们，
你的消损率是怎样，
我们为着宝贵你，
尊重你，
更不忍分出你的肢体的一部分来想他，
只是切切实实，

清清楚楚地做。

正午又过去了，
暮色又渐渐的来了，
然而是——
“好了！”
我们五个人，
一齐从胸臆中，
迸裂出来一声“好了！”
那冻云中半隐半现的太阳。
已被西方的山顶，
掩住了一半。
淡灰色的云影，
淡赭色的残阳，
混合起来，
恰恰是——
唉！
人都知道的——
是我们慈母的笑，
是她痛爱我们的苦笑！
她说：
“孩子！
你乏了！
可是你的目的已达了！
你且歇息歇息罢！”
于是我们举起我们的痛手，
挥去额上最后的一把冷汗；
且不知不觉的，

个个从胸臆中，
迸裂出来一声究竟的：
（是痛苦换来的）
“好了！”

“好了！”
我和四个撑船的，
同在灯光微薄的一张小桌上，
喝一杯黄酒，
是杯带着胡桃滋味的家乡酒。
人呢？——倦了。
船呢？——伤了。
木槌呢——断了又修，修了又断了。
但是七十里路的坚冰？
这且不说，
便是一杯带着胡桃滋味的家乡酒，
用沾着泥与汗与血的手，
擎到嘴边去喝，
请问人间：
是否人人都有喝到的福？
然而曾有几人喝到了？

“好了！”
无数的后来者，
你听见我们这样的呼唤么？
你若也走这一条路，
你若也走七十一里，
那一里的工作，

便是你们的。

你若说：

“等等罢！

也许还有人来替我们敲。”

或说：

“等等罢！

太阳的光力，

即刻就强了。”

那么，

你真是糊涂孩子！

你竟忘记了你！

你心中感谢我们价七十里么？

这却不必，

因为这是我们的事。

但是那一里，

却是你们的事。

你应当奉你的木槌为十字架，

你应当在你的血汗中受洗礼，

……

你应当喝一杯胡桃滋味的家乡酒，

你应当从你胸臆中，

迸裂出来一声究竟的“好了！”

1920年

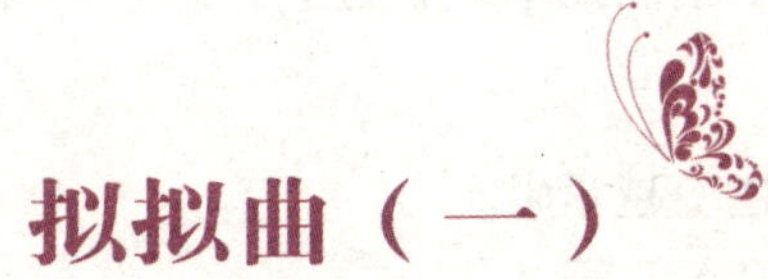

拟拟曲（一）

在报上看见了北京政变的消息，便摹拟了北京的两个车夫的口气，将我的感想写出。

一九二四，一〇，一六，巴黎

老哥，咱们有点儿不明白：
怎么曹三爷曹总统，——
听说他也很有点儿能耐，
就说花消罢，他当初也就用勒很不少——
怎么现在也是个办不了？
不是我昨儿晚上同你说：
前门造铁路，造坏勒风水啦。
当初光绪爷登基，
笑话儿可也闹勒点，
可总没有这么多。

可不是!
咱们笑话儿也都看够:
他们都是耀武扬威的来,
可都是——他妈的——捧着他脑袋瓜儿走!
先头他们来,不是你我都看见,屋顶上也站满勒兵。
现在他们走,
说来也丢尽勒他妈的脸,还不是当初的兵!
只是闹着来,闹着走,
逮苦子的只是咱们几个老百姓。
对啊!
眼看得天气越冷越紧啦;
前天刮勒一整夜的风,
我在被窝儿里翻来覆去的想着:
今年这冬天怎么办?
真是整夜的没睡着。
老哥你想:一块大洋要换二十多吊。
咱们是三枚五枚的来,一吊两吊的去。
闹勒水灾吃的早就办不了,
可早又来勒这逼命的冬天啦!
唉!咱们谁都不能往前头想,
只能学着他们干总统的,
干得了就干,干不了就算!
反正咱们有的是一条命!
他们有脸的丢脸,
咱们有命的拼命,
还不是一样的英雄好汉么?

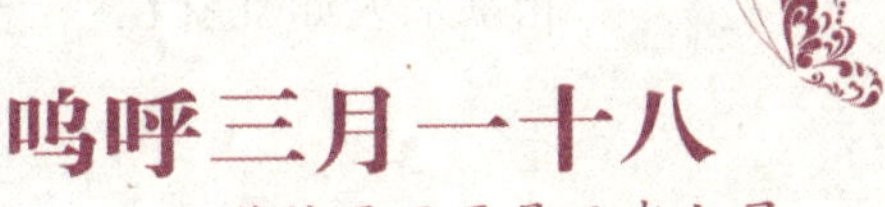

呜呼三月一十八

——敬献于死于是日者之灵

呜呼三月一十八，
北京杀人如乱麻！
民贼大试毒辣手，
半天黄尘翻血花！
晚来城郭啼寒鸦，
悲风带雪吹䴙䴙！
地流赤血成血洼！
死者血中躺，
伤者血中爬！
呜呼三月一十八，
北京杀人如乱麻！

呜呼三月一十八，

北京杀人如乱麻！
养官本是为卫国！
谁知化作豺与蛇！
高标廉价卖中华！
甘拜异种做爹妈！
愿枭其首藉其家！
死者今已矣，
生者肯放他？！
呜呼三月一十八！
北京杀人如乱麻！

游香山纪事诗

一

扬鞭出北门，心在香山麓。
朝阳浴马头，残露湿马足。

二

古刹门半天，微露金身佛。
颓唐一老僧，当窗缝破衲。
小僧手纸鸢，有线不盈尺。
远见行客来，笑向天空掷。

三

古墓傍小桥，桥上苔如洗。
牵马饮清流，人在清流底。

四

一曲横河水，风定波光静。
泛泛双白鹅，荡碎垂杨影。

五

场上积新刍，屋里藏新谷。
肥牛系场头，摇尾乳新犊。
两个碧蜻蜓，飞上牛儿角。

六

网畔一渔翁，闲取黄烟吸。
此时入网鱼，是笑还是泣？

七

白云如温絮，广覆香山巅，
横亘数十里，上接苍冥天。
今年秋风厉，棉价倍往年。
愿得漫天云，化作铺地棉。

八

晓日逞娇光，草黄露珠白，
晶莹千万点，黄金嵌钻石。
金钻诚足珍，人寿不盈百。
言念露易晞，爱此“天然饰”。

九

渔舟横小塘，渔父卖鱼去。
渔妇治晨炊，轻烟入疏树。

十

公差捕老农，牵人如牵狗。
老农喘且嘘，负病难行走。
公差勃然怒，叫嚣如虎吼。
农或稍停留，鞭打不绝手。
问农犯何罪，欠租才五斗。

一九一七，八，江阴

相隔一层纸

屋子里拢着炉火，
老爷分付开窗买水果，
说“天气不冷火太热，
别任它烤坏了我。”
屋子外躺着一个叫化子，
咬紧了牙齿对着北风喊“要死”！
可怜屋外与屋里，
相隔只有一层薄纸！

一九一七，十，北京

题小蕙周岁日造像

你饿了便啼，饱了便嬉，
倦了思眠，冷了索衣。
不饿不冷不思眠，我见你整日笑嘻嘻。
你也有心，只是无牵记；
你也有眼耳鼻舌，只未着色声香味；
你有你的小灵魂，不登天，也不堕地。
啊啊，我羡你，我羡你，
你是天地间的活神仙！
是自然界不加冕的皇帝！

一九一七，十，北京

其实……

风吹灭了我的灯，又没有月光，我只得睡了。

桌上的时钟，还在悉悉的响着。窗外是很冷的，一只小狗哭也似的呜呜的叫着。

其实呢，他们也尽可以休息了。

一九一七，十二，北京

案 头

案头有些什么？一方白布，一座白磁观音，一盆青青的小麦芽，一盏电灯。灯光照着观音的脸，却被麦芽挡住了，看它不清。

一九一七，十二，北京丁巳

除 夕

除夕是寻常事，作诗为什么？
不当它除夕，当作平常日子过。
这天我在绍兴县馆里，馆里大树颇多。
风来树动，声如大海生波。
静听风声，把长夜消磨。

主人周氏兄弟，与我谈天：
欲招缪撒，欲造“蒲鞭”。
说今年已尽，这等事，待来年。

夜已深，辞别进城。
满街车马纷扰，
远远近近，多爆竹声。
此时谁最闲适？
地上只一个我，天上三五寒星。

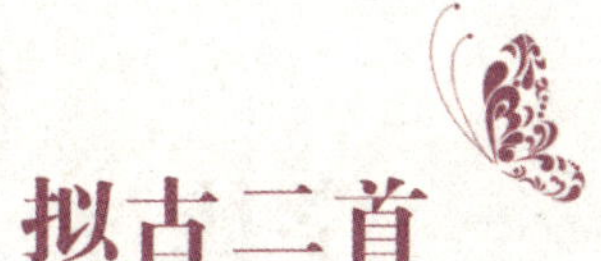

拟古二首

一

转侧不成眠，何事心头梗？
窗外月如霜，风动枯枝影。

二

河水结坚冰，刁斗中宵静。
想见江南人，独把寒砧打。

一九一八，二，十五，北京

学徒苦

学徒苦！
学徒进店，为学行贾；
主翁不授书算，但曰“孺子当习勤苦！”
朝命扫地开门，暮命卧地守户；
暇当执炊，兼锄园圃！
主妇有儿，曰“孺子为我抱抚。”
呱呱儿啼，主妇震怒，
拍案顿足，辱及学徒父母！
自晨至午，东买酒浆，西买青菜豆腐。
一日三餐，学徒侍食进脯。
客来奉茶；主翁倦时，命开烟铺！
复令前门应主顾，后门洗缶涤壶！
奔走终日，不敢言苦！
足底鞋穿，夜深含泪自补！

主妇复惜灯油，申申咒诅！

食则残羹不饱；夏则无衣，冬衣败絮！
腊月主人食糕，学徒操持臼杵！
夏日主人剖瓜盛凉，学徒灶下烧煮！
学徒虽无过，“塌头”下如雨。
学徒病，叱曰“孺子贪惰，敢诳语！”

清清河流，鉴别发缕。
学徒淘米河边，照见面色如土！
学徒自念，“生我者，亦父母！”

一九一八，二，十八，北京

听　雨

我来北地已半年，今日初听一宵雨，
若移此雨在江南，故园新笋添几许？

一九一八，三，二四，北京

风

我去年秋季到京，觉得北方的大风，实在可怕，想作首大风诗，作了又改，改了又作，只是作不成功。直到今年秋季，大风又刮得厉害了，才写定这四十多个字。一首小诗，竟是作了一年了！

呼拉！呼拉！
好大的风。
你年年是这样的刮，也有些疲倦么？
呼拉！呼拉！
便算是谁也不能抵抗你，你还有什么趣味呢？
呼拉！呼拉！……

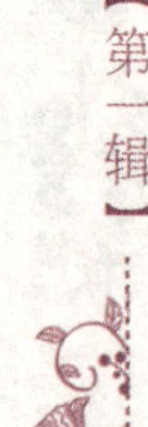

沸热

国庆日晚间，在中央公园里沸热的乐声。

转将我们的心情闹静了。
我们呆看着黑沉沉的古柏树下，
点着些黑黝黝的红纸灯。

多谢这一张人家不要坐的板凳；
多谢那高高的一轮冷月，
送给我们俩满身的树影。

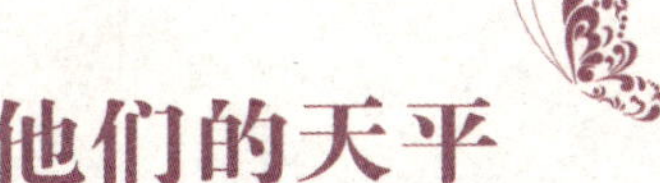

他们的天平

他憔悴了一点，
他应当有一礼拜的休息。
他们费了三个月的力，
就换着了这么一点。

桂

半夜里起了暴风雷雨，
我从梦中惊醒，
便想到我那小院子里，
有一株正在开花的桂树。

它正开着金黄色的花，
我为它牵记得好苦。
但是辗转思量，
终于是没法儿处置。

明天起来，
雨还没住。
桂树随风摇头，
洒下一滴滴的冷雨。

院子里积了半尺高的水，
混和着墨黑的泥。
金黄的桂花，
便浮在这黑水上，
慢慢的向阴沟中流去。

一九一九，九，三，北京

中　秋

中秋的月光，
被一层薄雾，
白濛濛的遮着。

暗而且冷的皇城根下，
一辆重车，
一头疲乏的骡，
慢慢的拉着。

落　叶

秋风把树叶吹落在地上，
它只能悉悉索索，
发几阵悲凉的声响。

它不久就要化作泥；
但它留得一刻，
还要发一刻的声响，
虽然这已是无可奈何的声响了，
虽然这已是它最后的声响了。

一九一九，秋

铁　匠

叮当！叮当！
清脆的打铁声，
激动夜间沉默的空气。
小门里时时闪出红光，
愈显得外间黑漆漆的。

我从门前经过，
看见门里的铁匠。
叮当！叮当！
他锤子一下一上，
砧上的铁，
闪作血也似的光，
照见他额上淋淋的汗，
和他裸着的，宽阔的胸膛。

我走得远了，
还隐隐的听见
叮当！叮当！
朋友，
你该留心着这声音，
他永远的在沉沉的自然界中激荡。
你若回头过去，
还可以看见几点火花，
飞射在漆黑的地上。

一九一九，九，北京

拟装木脚者语

欧战初完时，欧洲街市上的装木脚的，可就太多了。一天晚上，小客栈里的同居的，齐集在客堂中跳舞；不跳舞的只是我们几个不会的，和一位装木脚的先生。

灯光闪红了他们的欢笑的脸，
琴声催动了他们的跳舞的脚。
他们欢笑的忙，跳舞的忙，
把世界上最快乐的空气，
灌满了这小客店里的小客堂。

我呢？……
我还是多抽一两斗烟，
把我从前的欢乐思想；
我还是把我的木脚

在地板上点几下板，
便算是帮同了他们快乐，
便算是我自己也快乐了一场。

一九二〇，三，二七，伦敦

一个失路归来的小孩

（这是小蕙的事）

太阳蒸红了她的脸；
灰沙染黑了她的汗；
她的头发也吹乱了；
她呆呆的立在门口，出了神了。

她呆呆的立在门口，
叫了一声“爹”；
她举起两只墨黑的手，
说“我跌了一交筋头。”
“爹！妈！”
她忍住了眼泪，
却忍不住周身的筋肉，

飒飒的乱抖。

她说，“妈！

远咧！远咧！

那头！还要那头！”

一九二〇，五，一八，伦敦

三十初度

三十岁，来的快！
三岁唱的歌，至今我还爱：
“亮摩[1]拜，
拜到来年好世界。
世界多！莫奈何！
三钱银子买只大雄鹅，
飞来飞去过江河。
江河过边[2]？姊妹多，
勿做生活就唱歌。”
我今什么都不说，
勿做生活就唱歌。

一九二〇，六，六，伦敦

①亮摩，犹言月之神，亮摩拜，谓拜月神，小儿语。

②过边，即那边，或彼岸。

牧羊儿的悲哀

他在山顶上牧羊；
他抚摩着羊颈的柔毛，
说：“鲜嫩的草，
你好好的吃吧！”

他看见山下一条小河，
急水拥着落花，
不住的流去。
他含着眼泪说：
“小宝贝，你上哪里去？”

老鹰在他头顶上说：
“好孩子！我要把戏给你看：
我来在天顶上打个大圈子！”

他远望山下的平原；

他看见礼拜堂的塔尖，

和礼拜堂前的许多墓碣；

他看见白雾里，

隐着许多人家。

天是大亮的了，

人呢？——早咧，早咧！

哇！

他回头过去，放声号哭：

“羊呢？我的羊呢？”

他眼光透出眼泪，

看见白雾中的人家；

看见静的塔尖，

冷的墓碣。

人呢？——早咧！

天是大亮的了！

他还看见许多野草，

开着金黄色的花。

一九二〇，六，七，伦敦

【第二辑】

稿子

“你这样说也很好！

再会吧！再会吧！

我这稿子竟老老实实的不卖了！

我还是收回我几张的破纸！

再会吧！

你便笑弥弥的抽你的雪茄；

我也要笑弥弥的安享我自由的饿死！

再会吧！

你还是尽力的“辅助文明”，“嘉惠士林”罢！

好！

什么都好！

我却要告罪，

我不能把我的脑血，

做你汽车里的燃料！

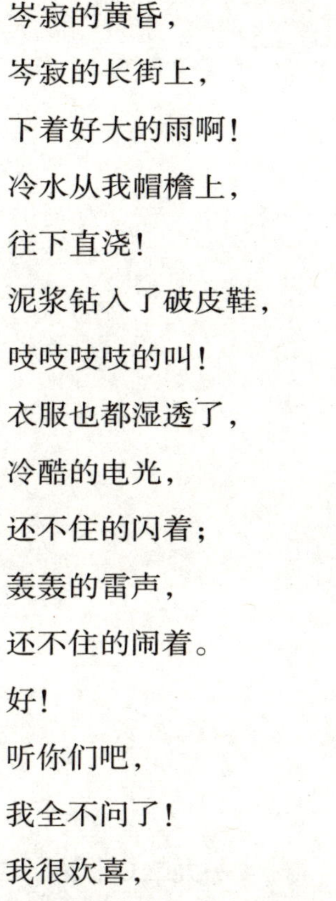

岑寂的黄昏，
岑寂的长街上，
下着好大的雨啊！
冷水从我帽檐上，
往下直浇！
泥浆钻入了破皮鞋，
吱吱吱吱的叫！
衣服也都湿透了，
冷酷的电光，
还不住的闪着；
轰轰的雷声，
还不住的闹着。
好！
听你们吧，
我全不问了！
我很欢喜，
我胸膈中吐出来的东西，
还逼近着我胸膛，
好好的藏着。

近了！
近了我亲爱的家庭了，
我的妻是病着，
我出门时向她说，
明天一定可以请医生的了！
我的孩子，
一定在窗口望着。

是——
我已看清了他的小脸，
白白的映在玻璃后；
他的小鼻，
紧紧的压在玻璃上！
可怜啊！
他想吃一个煮鸡蛋，
我答应了他，
已经一礼拜了！

一盏雨点打花的路灯，
淡淡的照着我的门。
门里面是暗着，
最后一寸的蜡烛，
昨天晚上点完了！

一九二〇，六，二三，伦敦

夜

（坐在公共汽车顶上，从伦敦西城归南郊。）

白濛濛的月光，
懒洋洋的照着。
海特公园里的树，
有的是头儿垂着，
有的是头儿齐着，
可都已沉沉的睡着。
空气是静到怎似的，
可有很冷峻的风，
逆着我呼呼的吹着。

海般的市声，
一些儿一些儿的沉寂了；

星般的灯火，
一盏儿一盏儿的熄灭了；
这大的伦敦，
只剩着些黑矗矗的房屋了。
我把头颈紧紧的缩在衣领里，
独自占了个车顶，
任他去颤着摇着。
贼般狡狯的冷露啊！
你偷偷的将我的衣裳湿透了！
但这伟大的夜的美，
也被我偷偷的享受了！

一九二〇，七，伦敦

教我如何不想她

天上飘着些微云，
地上吹着些微风。
啊！
微风吹动了我头发，
教我如何不想她？

月光恋爱着海洋，
海洋恋爱着月光。
啊！
这般蜜也似的银夜，
教我如何不想她？

水面落花慢慢流，
水底鱼儿慢慢游。

啊！
燕子你说些什么话？
教我如何不想她？

枯树在冷风里摇，
野火在暮色中烧。
啊！
西天还有些儿残霞，
教我如何不想她？

一九二〇，九，四，伦敦

奶　娘

我呜呜的唱着歌，
轻轻的拍着孩子睡。
孩子不要睡，
我可要睡了！
孩子还是哭，
我可不能哭。

我呜呜的唱着，
轻轻的拍着；
也不知道是什么时候了，
孩子才勉强的睡着，
我也才勉强的睡着。

我睡着了

还在呜呜的唱，

还在轻轻的拍；

我梦里看见拍着我自己的孩子，

他热温温的在我胸口儿睡着……

“啊啦！”孩子又醒了，

我，我的梦，也就醒了。

一九二一，一，一九，伦敦

一个小农家的暮

她在灶下煮饭，
新砍的山柴，
必必剥剥的响。
灶门里嫣红的火光，
闪着她嫣红的脸，
闪红了她青布的衣裳。
他衔着个十年的烟斗，
慢慢的从田里回来；
屋角里挂去了锄头，
便坐在稻床上，
调弄着只亲人的狗。

他还踱到栏里去，
看一看他的牛，

回头向她说：

“怎样了——

我们新酿的酒？”

门对面青山的顶上，

松树的尖头，

已露出了半轮的月亮。

孩子们在场上看着月，

还数着天上的星：

“一，二，三，四……”

“五，八，六，两……”

他们数，他们唱：

“地上人多心不平，

天上星多月不亮。”

一九二一，二，七，伦敦

稻棚

记得八九岁时，曾在稻棚中住过一夜。这情景是不能再得的了，所以把它追记下来。

一九二一，二，八，伦敦

凉爽的席，
松软的草，
铺成张小小的床；
棚角里碎碎屑屑的，
透进些银白的月亮光。

一片唧唧的秋虫声，
一片甜蜜蜜的新稻香——
这美妙的浪，
把我的幼稚的梦托着翻着……

直翻到天上的天上！……

回来停在草叶上，
看那晶晶的露珠，
何等的轻！
何等的亮！……

回　声

一

他看着白羊在嫩绿的草上，
慢慢的吃着走着。
他在一座黑压压的
树林的边头，
懒懒的坐着。
微风吹动了树上的宿雨，
冷冰冰的向他头上滴着。

他和着羊颈上的铃声，
低低的唱着。

他拿着支短笛，
应着潺潺的流水声，
呜呜的吹着。

他唱着，吹着，
悠悠的想着；
他微微的叹息；
他火热的泪，
默默的流着。

二

该有吻般甜的蜜？
该有蜜般甜的吻？
有的？……
在哪里？……

“那里的海”，
无量数的波棱，
纵着，横着，
铺着，叠着，
翻着，滚着，……
我在这一个波棱中，
她又在哪里？……

也似乎看见她，
玫瑰般的唇，
白玉般的体，……
只是眼光太钝了，

没看出面目来，
她便周身浴着耻辱的泪，
默默的埋入那
黑压压的树林里！

黑压压的树林，
我真看不透你，
我真已看透了你！
我不要你在大风中
向我说什么；
我也很柔弱，
不能钩鳄鱼的腮，
不能穿鳄鱼的鼻，
不能叫它哀求我，
不能叫它谄媚我；
我只是问，
她在哪里？
“哪里？”回声这么说。

“唉！小溪里的水，
你盈盈的媚眼给谁看？
无聊的草，你怎年年的
替坟墓做衣裳？

去吧？——住着！——
住着？——去吧！——

这边是座旧坟，
下面是死人化成的白骨；

那边是座新坟，
下面是将化白骨的死人。

你！——你又怎么？
“你又怎么？”——回声这么说。

三

他火热的泪，
默默的流着；
他微微的叹息；
他悠悠的想着；
他还吹着，唱着：
他还拿着支短笛，
应着潺潺的流水声，
呜呜的吹着；
他还和着羊颈上的铃声，
低低的唱着。

微风吹动了树上的宿雨，
冷冰冰的向他头上滴着；
他还在这一座黑压压的
树林的边头，
懒懒的坐着。
他还充满着愿望，
看着白羊在嫩绿的草上，
慢慢的吃着走着。

一九二一，二，一〇，伦敦

歌

没有不爱美丽的花，
没有不爱唱歌的鸟，
没有一个孩子不爱哭，
没有一个孩子不爱笑。

没有没眼泪的哭，
没有不快活的笑：
你的哭同于我的哭，
你的笑同于我的笑。

哭我们的孩子哭，
笑我们的孩子笑！
生命的行程在哪里？——
听我们的哭！
听我们的笑！

一九二一，三，二三，伦敦

山歌（用江阴方言）

郎想姐来姐想郎，
同勒浪一片场浪乘风凉。
姐肚里勿晓的郎来郎肚里也勿晓的姐，
同看仔一个油火虫虫飘飘漾漾过池塘。

山歌（用江阴方言）

姐园里一朵蔷薇开出墙，
我看见仔蔷薇也和看见姐一样。
我说姐儿你勿送我蔷薇也送个刺把我，
戳破仔我手末你十指尖尖替我绑一绑。

山歌（用江阴方言）

劈风劈雨打熄仔我格灯笼火，
我走过你门头躲一躲。
我也勿想你放脱仔棉条来开我，
只要看看你门缝里格灯光听你唱唱歌。

山歌（用江阴方言）

你叫王三妹来我叫张二郎，
你住勒村底里来我住勒村头浪。
你家里满树格桃花我抬头就看得见，
我还看见你洗干净格衣裳晾勒竹竿浪。

山歌（用江阴方言）

你联竿嵊嵊乙是嵊格我？

我看你杀毒毒格太阳里打麦打的好罪过。

到仔几时一日我能够来代替你打，

你就坐勒树阴底下扎扎鞋底唱唱歌。

山歌（用江阴方言）

五六月里天气热旺旺，
忙完仔勺麦又是莳秧忙，
我莳秧勺麦呒不你送饭送汤苦，
你田岸浪一代一代跑跑跑得脚底乙烫？

母的心

他要我整天的抱着他；
他调着笑着跳着，
还要我不住的跑着。
唉，怎么好？
我可当真的疲劳了！……

想到那天他病着：
火热的身体，
水澄澄的眼睛，
怎样的调他弄他，
他只是昏迷迷的躺着，——

哦！来不得，那真要
战栗冷了我的心；

便加上十倍的疲劳，

你可不能再病了。

一九二一，七，三，巴黎

我们俩

好凄冷的风雨啊！
我们俩紧紧的肩并着肩，手携着手，
向着前面的“不可知”，不住的冲走。
可怜我们全身都已湿透了，
而且冰也似的冷了，
不冷的只是相并的肩，相携的手了。

一九二一，八，一二，巴黎

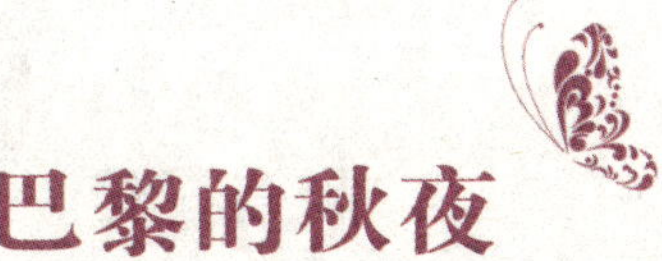

巴黎的秋夜

井般的天井：
看老了那阴森森的四座墙，
不容易见到一丝的天日。

什么都静了，
什么都昏了，
只飒飒的微风，
打玩着地上的一张落叶。

一九二一，八，二〇，巴黎

卖乐谱

巴黎道上卖乐谱，一老龙钟八十许。
额襞丝丝刻苦辛，白须点滴湿泪雨。
喉枯气呃欲有言，哑哑格格不成语。
高持乐谱向行人，行人纷忙自来去。
我思巴黎十万知音人，谁将此老声音传入谱？

一九二一，九，五，巴黎

无　题

我的心窝和你的，
天与海般密切着；
我的心弦和你的，
风与水般协和着。
啊！……
血般的花，花般的火，
听它吧！
把我的灵魂和你的，
给它烧做了飞灰飞化吧！

一九二一，九，一〇，巴黎

小 诗

许多的琴弦拉断了，
许多的歌喉唱破了，——
我听着了些美的音了么？
唉！我的灵魂太苦了！

一九二一，九，一六，巴黎

小 诗

酷虐的冻与饿，
如今挨到了我了；
但这原是人世间有的事，
许多的人们冻死饿死了。

一九二一，九，一七，巴黎

小 诗

眼泪啊！
你也本是有限的；
但因我已没有以外的东西了，
你便许我消费一些吧！

一九二一，九，一九，巴黎

秋风

秋风一何凉！
秋风吹我衣，秋风吹我裳。
秋风吹游子，秋风吹故乡。

一九二一，九，二〇，巴黎

两个失败的化学家

我相识中，有两个失败的化学者，一姓某，一姓某。他们一生的经过，大致是相同的。一天晚上，我忽然想到，就做成了这首诗。

他们为了买仪器，
卖完了几亩的薄田。
他们为了买药品，
拖上了一身的重债。
这样已是二十多年了，
他们眼看得自己的胡子，
渐渐的花白了。

他们没听见妻儿的诅咒，
他们没听见亲友的讥嘲。

他们还整天的瓶儿管儿忙，
可是伤心啊！
他们的胡子渐渐的花白了。

他们的胡子渐渐的花白了，
他们的眼睛也渐渐的模糊了。
他们理想中的成功呢？
许只是老泪汍澜中的一句空话了。

他们都已失败了。
愚人啊！
谁愿意滴出一点的泪，
表你这愚人的悲哀？
但我是个愚人的赞颂者，
我愿你化做了青年再来啊！

一九二一，九，二三，巴黎

老木匠

我家住在楼上，
楼下住着一个老木匠。
他的胡子花白了，
他整天的弯着腰，
他整天的叮叮当当敲。

他整天的咬着个烟斗，
他整天的戴着顶旧草帽。
他说他忙啊！
他敲成了许多桌子和椅子。
他已送给了我一张小桌子，
明天还要送我一张小椅子。

我的小柜儿坏了，

他给我修好了；
我的泥人又坏了，
他说他不能修，
他对我笑笑。

他叮叮当当的敲着，
我坐在地上，
也拾些木片儿的的搭搭的敲着。
我们都不做声，
有时候大家笑。

他说“孩子——你好！”
我说“木匠——你好！”
我们都笑了，
门口一个邻人，
（他是木匠的朋友，
他有一只狗的，）
也哈哈的笑了。

他的咖啡煮好了，
他给了我一小杯，
我说“多谢”，
他又给我一小片的面包。

他敲着烟斗向我说
“孩子——你好。
我喜欢的是孩子。”
我说“要是孩子好，

怎么你家没有呢？”

他说“唉！

从前是有的，

现在可是没有了。”

他说了他就哭，

他抱了我亲了一个嘴；

我也不知怎么的，

我也就哭了。

一九二一，一〇，一，巴黎

织　布

织布织布，

朝织丈五，暮织丈五，

尚余丈五！

一九二一，一〇，五，巴黎

荒　郊

荒郊古道，人疲马饥。
冥冥云合，悠悠鸟飞。
天之颠兮，地之底兮。
嗟我所思，将何以见之？

一九二一，一〇，五，巴黎

诗 神

诗神！
你许我做个诗人么？
你用什么写你的诗？
用我的血，
用我的泪。
写在什么上面呢？
写在嫣红的花上面，
早已是春残花落了。
写在银光的月上面，
早已是乌啼月落了。
写在水上面，
水自悠悠的流去了。
写在云上面，
云自悠悠的浮去了。

那么用我的泪，写在我的泪珠上；

用我的血，写在我的血球上。

哦！小子，

诗人之门给你敲开了，

诗人之家许你长眠了。

一九二二，八

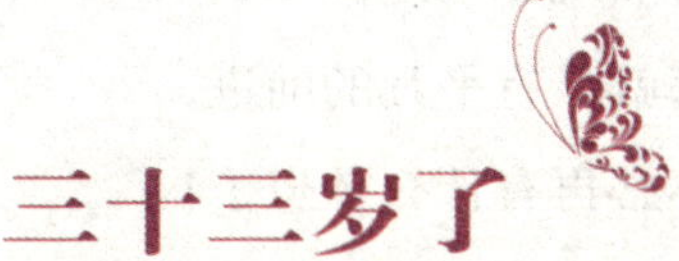

三十三岁了

三十三岁了，
二十年前的小朋友没有几个了，
十年前的朋友也大都分散了，
现在的朋友虽然有几个，
可是能于相知的太少了！

三十三岁了，
二十年前不能读什么书，
十年前不能读好书，
现在能于读得了，
可常被不眠症缠绕着，
读得实在太少了！

三十三岁了，

二十年前的稚趣没有了，
十年前的热情渐渐的消冷了，
现在虽还有前进的精神，
可没有从前的天真烂漫了！

三十三岁了，
回想到二十年前对于现在的梦想，
回想到十年前对于现在的梦想，
若然现在不是做梦么？
那就只有平凡的前进，
不必再有什么梦想了！

一九二三，四，巴黎

刘半农
诗歌精品
【第三辑】

江南春暮怨词

杨花雪样飞满天，
桃花血样流满川。
杨花桃花一齐落，
冷静关门任泪落。

一九二三，六，一一，巴黎

劫

街旁边什么人家的顽皮孩子，将几朵不知名的，白色的鲜花扯碎了，一瓣瓣的抛弃在地上。

风吹过来，还微微的飘起她劫后的香，可是一会儿洗街的水冲过来，她就和马粪混合了。

这一天的温暖明亮的朝阳光，她竟不能享受了。麻雀儿在街上，照常的跳着叫着。她与他本是很好的朋友啊！但她已不能回头和他作别，只能一直的向那幽悄悄的阴沟口里钻去了。

一九二三，六，一六，巴黎

巴黎的菜市上

巴黎的菜市上，活兔子养在小笼里，当头是成排的死兔子，倒挂在铁钩上。

死兔子倒挂在铁钩上，只是刚刚剥去了皮；声息已经没有了，腰间的肉，可还一丝丝的颤动着，但这已是它最后的痛苦了。

活兔子养在小笼里，黑间白的美毛，金红的小眼，看它抵着头吃草，侧着头偷看行人，只是个苒弱可欺的东西便了。它有没有痛苦呢？唉！我们啊，我们哪里能知道！

一九二三，六，二三，巴黎

梦

正做着个很好的梦，
不知怎的忽然就醒了！
回头努力的去寻吧！
可是愈寻愈清醒：梦境愈离愈远了！

眼里的梦境渐渐远，
心里的梦影渐渐深：
将近十年了，
我还始终忘不了！

要忘是忘不了，
要寻是没法儿寻。
不要再说自由了，
这点儿自由我有么？

一九二三，六，二九，巴黎

在墨蓝的海洋深处

在墨蓝的海洋深处，暗礁的底里，起了一些些的微波，我们永世也看不见。但若推算它的来因与去果，它可直远到世界的边际啊！

在星光死尽的夜，荒村破屋之中，有什么个人呜呜的哭着，我们也永世听不见。但若推算它的来因与去果，一颗颗的泪珠，都可挥洒到人间的边际啊！

他，或她，只偶然做了个悲哀的中点。这悲哀的来去聚散，都经过了，穿透了我的，你的，一切幸运者的，不幸运者的心，可是我们竟全然不知道！这若不是人间的耻辱么，可免不了是人间最大的伤心啊！

一九二三，七，四，巴黎

别再说……

别再说多么厉害的太阳了，
只看那行人稀少的大街上，
偶然来了一辆的马车，
车轮的边上，马啼的角上，
都爆裂出无数的火花！
啊！咖啡馆外的凉棚，
一个个的多么整齐啊！
可是我想到了红海边头，沙漠游民的篷帐，
我想到了印度人的小屋，
我想到了我灵魂的坟墓：
我亲爱的祖国！

别再说自然界多么的严峻了，
只看那净蓝的天，

始终是默默的，
始终不给我们一丝的风，
始终不给我们一片的云！
独行踽踽的我，
要透气是透不转，
只能挺着忍着，
忍着那不尽的悲哀，
化做了腹中一阵阵的热痛，
化做了一身身的黄汗。

啊！不良的天时，不良的消息，
你逼我想到了“红笑”中的血花！
我微弱的灵魂，
怎担当得起这人间的耻辱啊！

［后序］

去年五月二十四日的大热，已将巴黎三十年来的记录打破。今年七月六日，又将这记录打破。恰巧这天，我北大同学为着国际共管中国铁路的不祥消息，开第一次讨论会，我就把这首记我个人情感的诗，纪念这一次的会。

我要附带说一句话：爱国虽不是个好名词，但若是只用之于防御方面，就断然不是一桩罪恶。

我还要说：我不能相信不抵抗主义。

蜗牛是最弱的东西了，上帝还给它一个壳、两个触角，这为什么？

鼠疫杀人，我们防御了，疯狗杀人，我们将它打死了；为什么人要杀人，我们要说不抵抗！

为着爱国二字被侵略者闹坏了，就连防御也不说；为着不抵抗主义可以作成一篇很好的神话，就说世界中也应如此。这若不是大智，可便是大愚！

我只要做个不智不愚的人，我不能盲从。我就是这么说！

一九二三，巴黎

忆江南

苦忆江南，写五十六字。昔仲甫谓尹默诗如老嬷，半农诗如少女，意颇不然。今自视此作，或者不免。因写寄尹默，令嬷嬷一笑。

桃花一抹红无底，小山青点桃花里。
平湖澈响打鱼声，渔歌歇处农歌起。

别此三年三万里，心里抛开缠梦里。
海潮何日向东流？为携几滴游人泪。

一九二三，七，八，巴黎

尽管是……

她住在我对窗的小楼中，
我们间远隔着疏疏的一园树。
我虽然天天的看见她，
却还是至今不相识。
正好比东海的云，
关不着西山的雨。

只天天夜晚，
她窗子里漏出些琴声，
透过了冷冷清清的月，
或透过了屑屑濛濛的雨，
叫我听着了无端的欢愉，
无端的凄苦；
可是此外没有什么了，

我与她至今不相识，
正好比东海的云，
关不着西山的雨。
这不幸的一天可就不同了，
我没听见琴声，
却隔着朦胧的窗纱，
看她傍着盏小红灯，
低头不住的写，
接着是捧头不住的哭，
哭完了接着又写，
写完了接着又哭，……
最后是长叹一声，
将写好的全都扯碎了！……
最后是一口气吹灭了灯，
黑沉沉的没有下文了！……
黑沉沉的没有下文了，
我也不忍再看下文了！
我自己也不知怎么着，
竟为了她的伤心，
陪着她伤心起来了。
我竟陪着她伤心起来了，
尽管是我们俩至今不相识；
我竟陪着她伤心起来了，
尽管是我们间
还远隔着疏疏的一园树；
我竟陪着她伤心起来了，
尽管是东海的云，
关不着西山的雨！

一九二三，七，九，巴黎

秧歌

秧针芒细似眉梢，秧田水足如明镜。
镜里眉头笑语人，郎唱秧歌与侬听。

一九二三，七，二三，巴黎

记 画

买得旧雕板画一幅，中写圣希利那岛拿破仑墓。爱其笔笔是诗，以诗记之。

草自青青花自红，斜阳一角小山中。
短篱疏树围孤冢，憔悴当门执戟翁。

一九二三，七，二九，巴黎

母　亲

黄昏时孩子们倦着睡着了，
后院月光下，静静的水声，
是母亲替他们在洗衣裳。

一九二三，八，五，巴黎

熊

在巴黎植物园里，看见两只熊，如篇中所记，其时正在日本大震灾之后。

植物园里的两只熊，一只是黄的，一只是白的，都是铁钩般的爪与牙，火般红的眼。

白的一只似乎饿着。它时时箕坐着抬起头来，向游人们乞食。黄的一只似乎病着。看它伏在石槽旁吃水，吃一口，喘一口；粗而且脏的毛，一块块的结成了毡，结成了饼。

饿的病的总是应该可怜的。我们把带来的面包，尽量的掷给那白的吃。我们也互相讨论，现在的医术进步了，想已有专医猛兽的一科了。

饿的病的总是应该可怜的。但假使它不是个熊而是个牛，不做我们的敌而做我们的友，我们的同情，不要更深一层么？

但是，我们的失望是无尽的！便是它饿着病着，它还是铁钩般

的爪与牙，火般红的眼。我在这里可怜它，它若能上得我的身，便是它饿着病着，它岂能可怜一些我！

一九二三，十，巴黎

三唉歌（思祖国也）

得不到她的消息是怔忡，
得到了她的消息是烦苦，唉！

沉沉的一片黑，是漆么？
模糊的一片白，是雾么？唉！

这大的一个无底的火焰窟，
浇下一些儿眼泪有得什么用处啊，唉！

一九二四，五，巴黎

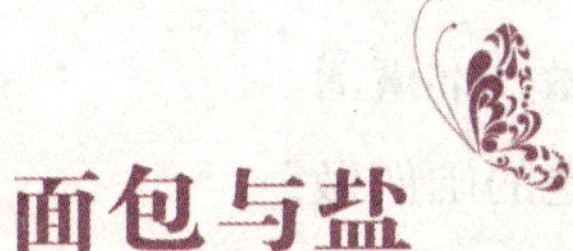

面包与盐

记得五年前在北京时，有位王先生向我说：北京穷人吃饭，只两子儿面，一铟子盐，半子儿大葱就满够了。这是句很轻薄的话，我听过了也就忘去了。

昨天在拉丁区的一条小街上，看见一个很小的饭馆，名字叫作“面包与盐”（Le pain etlesel），我不觉大为感动，以为世界上没有更好的饭馆名称了。

晚上睡不着，渐渐的从这饭馆名称上联想到了从前王先生说的话，便用京语诌成了一首诗。

一九二四，五，八，巴黎

老哥今天吃的什么饭？
吓！还不是老样子！——
两子儿的面，
一个铟子的盐，

搁上半喇子儿的大葱。

这就很好啦！

咱们是彼此彼此，

咱们是老哥儿们，

咱们是好弟兄。

咱们要的是这么一点儿，

咱们少不了的可也是这么一点儿。

咱们做，咱们吃。

咱们做的是活。

谁不做，谁甭活。

咱们吃的咱们做，

咱们做的咱们吃。

对！

一个人养一个人，

谁也养的活。

反正咱们少不了的只是那么一点儿；

咱们不要抢吃人家的，

可是人家也不该抢吃咱们的。

对！

谁要抢，谁该揍！

揍死一个不算事，

揍死两个当狗死！

对！对！对！

揍死一个不算事，

揍死两个当狗死！

咱们就是这么做，

咱们就是这么活。

做！做！做！

活！活！活！

咱们要的只是那么一点儿，

咱们少不了的只是那么一点儿，——

两子儿的面，

一个锄子的盐，

可别忘了半喇子儿的大葱！

山歌（用江阴方言）

你乙看见水里格游鱼对挨着对？
你乙看见你头上格杨柳头并着头？
你乙看见你水里格影子孤零零？
你乙看见水浪圈圈一晃一晃晃成两个人？

山歌（用江阴方言）

小小里横河一条带，
河过边小小里青山一字排。
我牛背上清清楚楚看见山坳里，
竹篱笆里就是她家格小屋两三间。

山歌（用江阴方言）

河边浪阿姊你洗格舍衣裳。

你一泊一泊泊出情波万丈长。

我隔子绿沉沉格杨柳听你一记一记捣，

一记一记一齐捣勒笃我心上！

拟儿歌（用江阴方言）

吾乡沙洲等地，尚多残杀婴儿之风；歌中所记，颇非虚构。

“小猪落地三升糠”，
小人落地无抵扛！
东家小团送进育婴堂，
养成干姜瘪枣黄鼠狼！
西家小团黑心老子黑心娘，
落地就是一钉靴，
嗡喀页！一条小命见阎王！
蒲包一包甩勒荡河里，
水泡泡，血泡泡，
翻得泊落落，
鲤鱼鲫鱼吃他肉！
明朝财主人家买鱼吃，
鱼里吃着小团肉！

拟儿歌（用江阴方言）

铁匠镗镗！
朝打锄头，夜打刀枪。
锄头打出种田地，
刀枪打出杀魍魉。
魍魉杀勿着，
倒把好人杀精光。
好人杀光呒饭吃，
剩得魍魉吃魍魉！
气格隆冬祥！

拟儿歌（用江阴方言）

我哥哥，你弟弟，
明年阿娘养个小弟弟。
哥哥吃米弟吃粞，
哥哥吃肉弟吃鸡。

鸡喔喔，喔喔啼！
鸡喔喔，鸡冠花。
鸡冠花，满地红；
喇叭花，满地绿；
红红绿绿一团锦，
黄山上，
瓦哒勃仑吨！
炮打江阴城！

拟儿歌（用江阴方言）

呒事做，街上荡；
讨老婆，吃家当。
家当愁吃完，
快快养个儿子中状元。
儿子养到十七八，
照样豁拆拆。
再讨老婆再养儿，
再望后代状元出我家。
一代望一代，
代代有后代。
现成封翁封婆代代有，
只恨状元勿肯来投胎！

一九二四，八，巴黎

侬　家

君问侬家住何处，去此前头半里许：

浓林绕屋一抹青，檐下疏疏晾白缗。

阵　雨

阵雨初过万山绿，断续钟声出林曲。
君如不怕归去迟，稍留共看今宵月。

归程中得小诗五首

一、地中海

涛声寂寂中天静，三五疏星竞月明。
一片清平万里海，更欣船向故乡行。

二、苏彝士运河

重来夜泛苏彝士，月照平沙雪样明。
最是岸头鸣蟋蟀，预传万里故乡情。

三、Minikoi岛

小岛低低烟雨浓，椰林滴翠野花红。

从今不看炎荒景，渐入家山魂梦中。

四、哥伦波海港

椰林漾晴晖，海水澄娇碧。
咿哑桨声中，一个黄蝴蝶。

五、西贡

澜沧江，江上女儿愁，
江树伤心碧，江水自悠悠！

一九二五，七，七，海上

拟拟曲

老六，我说老九近来怎么样?

怎么咱们老没有看见他?

可是他又不舒服啦?

还是又跟他媳妇儿怄勒气，

气得把他的肺都炸勒吧?

我说老五，你们做街坊的总有个耳闻吧!

吓! 你这小孩子多糊涂!

你说的老九不是李老九?

李老九可是早死啦!

结啦? 完啦?

可不是!

什么病?

病? 谁说得清它是什么病，什么症!

横是病总是病吧!

请大夫瞧勒没有？

瞧？许瞧——

瞧勒可又怎么着？

你不知道害病是阔人的事！

花上十块请个大夫来，

再花十块抓剂药，

凭你是催命鬼上勒门也得轰走啦！

也不见得吧！

你看袁宫保袁总统，

冯国璋冯总统，

不都是他妈的两条腿儿一挺就吹勒灯勒吗！

死的也是死，

可总是死总统少，活总统多；

不像咱们拉车的，

咋儿死的是老九，

说不定明儿个死的就是我老六；

赶到明儿个的明儿个，

要是你老五死啦，

你媳妇儿哭哭啼啼，

我老六就去娶她！

别打哈哈啦！

你还是好好的告诉我吧：

老九死勒有几天啦？

我跟他交情是没有，

可是同在一个口儿上搁车，

打乙卯那一年起，

算起来也有十二三年啦。

我们俩见天儿见早晨拉着空车上这儿来，

大家见面儿“今儿早！
吃勒饭勒吧？”
到晚半天儿大家分手，
他说：“老六明儿见，
你媳妇儿给你蒸了锅窝头，
你去好好的吃吧！”
我说：“老九明儿见，
你小宝贝儿在门口儿等着你哪，
要你给他一个子儿买个烧饼吃。”
嗐！这都是平常的事，
可是到他死勒一想着，
真叫人有点儿难受哇！
唉！老九这人真不错。
可是他死也死得就太惨啦！
不是你知道，
自从前年秋天起，
他就有勒克儿咳克儿咳的咳嗽。
这病儿要是害在阔人老爷身上啊，
那就甭说：
早晨大夫来，
晚晌大夫去，
还要从中国的参茸酒，
吃到外国的六〇六。
偏是他妈的害到勒老九身上啦，
可还有谁去理会他？
他媳妇儿还不是那样的糊涂蛮缠不讲理，
他孩子们还不是哭哭咧咧闹着吃，
哭哭咧咧闹着穿！

老九他自己呢，
他也就说不上“自己有病自己知”，
他还是照样的拉！拉！拉！
拉完勒咳嗽，咳嗽完勒拉！
这样儿一天天地下去，
他的小模样儿早就变成勒鬼样啦！
到勒去年冬天的一天，
啊，天气可是真冷，
我看见他身上还穿着那件稀破六烂的棉袄，
坐在车簸箕上冻得牙打牙。
我说“老九，
你又有病，天又冷，
这棉袄可是太单寒，
不如给他添添棉花就好多啦。”
他说“唉！哪摸钱去？
是你老六送我吗？”
说着他就掉勒几滴眼泪，
可又接着说：
“天气快要暖和啦，
一到打春，我身子就可以好多啦。”
不想今年不比得往年，
春是打啦，
天气是暖和啦，
他病可是一点儿点儿重；
病虽是一点儿点儿重，
车可还是要他一天天的拉；
他拉着拉着，
打完勒咳嗽，咳嗽完勒拉，

直拉到躺在炕上爬不起，

这已是离死不过两三天啦！

听说他死的那一天，

早上还挨勒他媳妇儿一顿骂；

赶到他真断勒气，

他妈的可又天儿啊地儿啊的哭起活儿来啦！

这且不去管！

反正她就是这么一路货！

可不知道后事是怎么办的？

一个狗碰头，

是我们街坊攒的公益儿；

装裹也就说不到：

那件稀破六烂的硬棉袄，

就给他穿勒去；

一根唆杆儿烟袋，

还是他小女孩想起来勒给他殉勒葬。

这样就是过勒他这一辈子，

这样就报答勒他一辈子的奔忙啦！

一九二五，九，十六，北京

小诗五首（小病中作）

一

若说吻味是苦的，
过后思量总有些甜味吧。

二

看着院子里的牵牛花渐渐的凋残，
就想到它盛开时的悲哀了。

三

口里嚷着“爱情”的是少年人，

能懂得爱情的该是中年吧。

四

最懊恼的是两次万里的海程，
当初昏昏的过去了，
现在化做了生平最美的梦。

五

又吹到了北京的大风，
又要看双十节的彩灯向我苦笑了。

一九二五，一〇，九，北京

小诗二首记老友申无量语

一

我竟再也找不出这样的一个人，
我就不得不付之于冥空的理想了。
冥空的理想足以陷我于“徒自苦”，
但若随便找个人来我就更苦了。

二

她黯然的向我说：
“当初我爱你，你没法儿爱我；
现在你爱我，天啊！我又没法儿爱你。”
我相信我俩的没法都是真没法，
我俩就把这事付之于伤心的一叹吧。

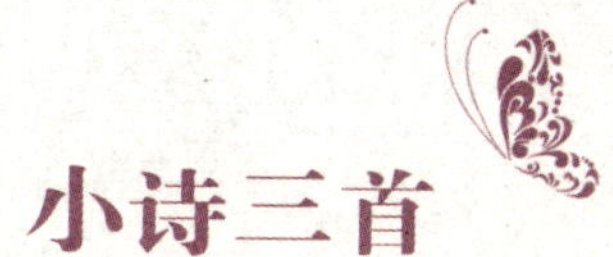

小诗三首

一

暗红光中的蜜吻，
这早已是从前的事了。
人家没端的把它重提，
又提起了我的年少情怀了。

二

我便是随便到万分吧，
这槐树上掉下的垂丝小虫，
总教我再没有勇气容忍了！

三

夜静时远风飘来些汽笛声，

偏教误了归期的旅客听见了。

一九二五，十，北京